D1391738

Reliure

19 SEP 1991

Vianney Bélanger

UNE JOURNÉE
À LA MER

UNE JOURNÉE À LA MER

Directrice de collection
Françoise Ligier

Révision
Michèle Drechou
Maïr Verthuy

Conception graphique
Meiko Bae

Illustrations intérieures
Bruno St-Aubin

Illustration de la couverture
Bruno St-Aubin

Mis en page sur ordinateur par
Mégatexte

Éditions Hurtubise HMH, Ltée
7360, boulevard Newman
Ville LaSalle (Québec)
H8N 1X2
Canada

Téléphone (514) 364-0323

ISBN 2-89045-893-8

UNE JOURNÉE
À LA MER

Marie Denis

Marie DENIS

Marie Denis née à Liège (Belgique) en décembre 1920, est une grand-mère qui, lorsqu'elle était enfant, a été élevée par ses grands-mères.

Avec ses petits-enfants, elle aime jouer, mais aussi parler, se promener et aller au cinéma. Les enfants sont fiers de dire à l'école que leur grand-mère écrit. Certains songent à devenir écrivains. Et pourquoi pas ? La vie est belle à raconter. Marie Denis a beaucoup écrit pour les adultes ; elle a dirigé la revue littéraire *Audace* et collaboré aux *Cahiers du GRIF* et à *Voyelles*. Parmi les livres qu'elle a publiés, on trouve les titres suivants :

Des jours trop longs, *L'odeur du père* (Prix Rossel en 1967), *La célébration des grands-mères*, *Petit livre rouge des femmes*, *Le retour des choses*.

*A*nnie est terriblement excitée, elle trouve que le temps n'avance pas. Demain, grand-mère et elle vont passer la journée à la mer.

Grand-mère est déjà vieille mais pas trop; elle aime réaliser des projets. Même jouer, elle aime. Aux cartes, elle préfère la crapette ou bien le menteur, et le nain jaune si on est plus nombreux. Des fois, quand les cousines sont réunies, on invente des pièces de théâtre. S'il manque une actrice, on appelle grand-mère. Elle vient tout de suite, même si elle est occupée à

la cuisine ou à réparer quelque chose avec un de ses fils. Elle comprend tout de suite son rôle. Mais il lui arrive de jouer trop fort, elle fait presque peur, on dirait qu'elle oublie que ce n'est pas pour de vrai. Quand elle pleure comme un bébé, par exemple, c'est comme si elle devenait un vrai enfant. Et comme elle est vieille, ça fait un petit peu peur. Surtout qu'on dit que les vieux retombent en enfance.

Annie téléphone à grand-mère pour voir si elle est toujours bien décidée et savoir ce qu'il faut prendre avec soi. Son costume de bain naturellement, un ballon, une ou deux bonnes pelles, un livre et du papier pour dessiner. Pull et trench : en

Belgique, on annonce toujours «temps variable», il faut s'attendre à tout. Grand-mère prendra le pique-nique et l'appareil photo. Elles partiront de bon matin, grand-mère klaxonnera devant la maison à sept heures. Annie se demande si ça vaut la peine d'aller se coucher. D'autant que son papa n'entend jamais le réveil, sa maman non plus quand il n'y a pas école. Quant à ses grandes sœurs, elles sont les plus grosses dormeuses de la terre. Annie prend tous les réveils dans sa chambre et finit par s'endormir, bercée par un lointain bruit de mer...

C'est grand-mère qui ne dort pas très bien. N'est-ce pas fou à son âge? Conduire aller-retour, plus une journée sur le sable et surtout la responsabilité d'Annie, une enfant de neuf ans. Annie est obéissante et elle nage très bien. Mais quand il y a du vent, les vagues sont énormes. Grand-mère décide qu'elles n'iront se baigner qu'à marée montante, comme ça elles vont toujours être ramenées vers la plage. Avouons que grand-mère est agitée. Oui, elle a mis la sonnerie pour six heures. D'ailleurs tout est prêt, elle a cuit les œufs durs hier soir, lavé les tomates et préparé son vieux costume de bain noir. Par moments, elle se sent très jeune. Pourvu qu'il fasse beau!

Il fait très beau. Le soleil est en pleine forme pour cette journée du 28 août, un jeudi. Des merles sifflent autour de la terrasse où grand-mère boit son café. Elle en a préparé un thermos pour l'excursion et un autre pour bon-papa qui va rester tout seul. Bon-papa va bien s'en tirer, il trouvera une salade préparée pour midi et puis il ira se promener en achetant son journal. Encore personne dans la rue lorsqu'elle sort avec le panier du pique-nique et son fourre-tout. Au loin, on entend le ramasse-poubelles qui fait tourner sa broyeuse.

Annie est sur le pas de la porte, elle reconnaît le moteur avant que grand-mère prenne son tournant. Le rêve est devenu réalité, les voilà en route! Annie aurait bien aimé s'asseoir devant comme une amie, mais c'est défendu. Elle a tout l'arrière pour elle et sa petite Zizou qui ne la quitte jamais (une poupée-guenon très gentille qui partage sa vie depuis sa naissance). Pour le moment, Zizou est bêtement couchée sur la banquette. Tantôt, si elle a un peu sommeil, Annie va la prendre dans ses bras et (mais ceci, il ne faut pas le raconter) elle va frotter un peu la main de Zizou sur sa bouche pour s'endormir. En ce moment, on traverse la ville par au-dessus, par au-dessous, les tunnels sont comme des montagnes russes. Annie demande à grand-mère une «boule» de bon-papa. Dans la voiture, il y a toujours des bonbons à sucer, pour bon-papa c'est mieux que de fumer et il en offre aux enfants.

Annie ne regarde pas beaucoup le paysage, c'est tout le temps la même chose: des prés à vaches et des champs labourés. Elle aime mieux penser à la mer; est-ce qu'elle va bien s'amuser sans un autre enfant avec elle? À la plage, on s'amuse toujours. Heureusement, grand-mère ne conduit pas trop lentement. Il y a beaucoup de camions sur l'autoroute, grand-mère dit qu'ils amènent les provisions pour les campings et les magasins de plage. Certains vont aller jusqu'en Angleterre, ils embarquent sur le car-ferry qui les avale dans sa grande bouche et quatre heures plus tard, ils sont sur l'île. Si elles voulaient, elles pourraient embarquer de la même façon et rouler jusqu'à Londres.

Aujourd'hui, elles vont à Ostende: 130 kilomètres, ce n'est pas bien loin, un peu plus d'une heure de route. Lorsque grand-mère dépasse les camions, ceux-ci ont l'air énormes et ils font un bruit terrible. Elles se sentent toutes petites et elles ont peur d'être avalées par le souffle. «Il est temps qu'on arrive», se dit Annie. Au même moment, elle voit écrit «fin d'autoroute», et toutes les voitures et les camions partent sur la droite, ils font une grande boucle, entrent dans un petit tunnel de rien du tout, car on voit le ciel au fond. Dès qu'on en sort, on longe un quai, on passe un pont, il y a des bateaux partout, c'est le port de mer!

La mer, on ne la voit pas encore, mais dès qu'on quitte la voiture on sent son odeur, la grande odeur de sel, d'iode et de poisson. On fait quelques pas et voici une échoppe: une simple table avec des montagnes de crevettes et de langoustines, des crabes et des caricoles. Les vendeuses crient: «Crevettes fraîches, achetez les crevettes bien fraîches!» Elles sont pourtant cuites et rouges, pas vivantes et grises comme celles que les enfants ramassent parfois dans leurs petits filets! Annie se demande si grand-mère adore les crevettes autant qu'elle. Elles se regardent et grand-mère exprime leur pensée: «Les voyages donnent

faim!» Puis s'adressant à la marchande: «Un quart, s'il vous plaît, madame.» Pour manger, elles s'installent sur un banc, juste en face des barques où sèchent les filets bleus qui ont, cette nuit même, emprisonné les crevettes. Les barques ressemblent à des maisons pour enfants avec leurs seaux, leurs banquettes et le simple réchaud à cuire. Elles sont encore trempées d'embrun et des vagues encaissées. Annie a déjà été en mer sur le bateau à voiles de son parrain, tandis que grand-mère est malade rien qu'à y penser.

Elles extraient toutes leurs affaires de la voiture; la plage n'est pas loin. Grand-mère décide de louer une cabine à Omer, l'homme de la plage ; ça leur fera une maison pour elles deux, avec une petite terrasse devant la porte. Elles n'ont plus qu'à se déshabiller et courir à l'eau.

– Attends-moi, crie grand-mère à Annie qui déjà s'élance sur le sable.

Il n'y a plus tellement de monde, c'est la fin des

vacances, les familles sont dispersées ça et là ; dans la mer, on a toute la place ·qu'on veut. C'est même ça qui fait peur à grand-mère.

– Restons ensemble, dit-elle, pour ne pas nous perdre.

Il n'y a aucun danger de se perdre, elles peuvent toujours se retrouver à la cabine n° 23! En réalité, ce que grand-mère n'aime pas, c'est nager où on n'a pas pied. Pour le reste, elle est très bien, mais là elle est pire qu'un bébé. Annie le savait: ce sera le seul moment de la journée où il lui faudra avoir de la patience.

– Toi tu restes ici, propose-t-elle, et moi je vais franchir une vague de plus, tu vois bien qu'il y a encore beaucoup de gens qui nagent au-delà.

27

Grand-mère hésite. Finalement, elle dit:

– Oui, mais reste à côté de cette famille qui a trois enfants, reste bien près d'eux.

C'est un peu gênant de suivre une famille comme si on mendiait de la compagnie, mais d'un autre côté, il ne faut pas trop inquiéter grand-mère. Heureusement, elle se calme, elle se laisse même rouler dans la vague qu'Annie vient de franchir. Bientôt, ce jeu lui trouble la vue, voilà qu'elle n'aperçoit plus Annie! Elle n'ose pas crier «reviens!», cela énerve les enfants et puis avec le bruit de la mer... Tout à coup, Annie est devant elle; la famille partait, alors elle n'est pas restée pour ne pas faire de peine à grand-mère. Quelle gentille enfant! Grand-mère l'adore! (Elle adore tous ses petits-enfants, mais Annie, elle l'adore doublement.)

Elles se jettent dans les bras l'une de l'autre, comme si Annie revenait de loin. Elles se jettent à deux dans la grosse vague, elles vont même jusqu'où on n'a presque plus pied... et puis font la course pour qui sortira la première en faisant monter des gerbes d'eau plus hautes que soi.

Sur la plage, elles trouvent un petit fort de sable abandonné.

– Vite, dit grand-mère, allons chercher nos pelles, la marée monte, on va se battre avec elle!

Elles consolident le tas de sable devant lequel, en même temps, elles bâtissent une digue pour arrêter les premiers assauts.

Même la petite vague savonneuse, celle qui court à ras de la mer, arrive à s'insinuer par la moindre ride du sol mouillé. Elle contourne la digue, elle attaque le fort par derrière. Grand-mère et Annie restent perchées dessus le plus longtemps possible, jusqu'à ce qu'elles ressemblent à des naufragées sur une petite île dans l'immensité.

– Et maintenant, on mange!

Elles s'asseyent au bord de la cabine, grand-mère étale une petite nappe, des assiettes de plastique rouge et des couverts d'avion, du pain français et des olives, des œufs, des mousses au chocolat, un vrai dîner. Après quoi, grand-mère propose de lire un peu, puis de fermer les yeux...

– J'aimerais mieux jouer au ballon, dit Annie, je vais jouer toute seule, je vais le faire rebondir sur la pente de la digue, je vais rester tout près de toi.

Grand-mère a déjà mis ses lunettes, elle appuie son dos sur la porte de la cabine et commence à lire son journal.

Annie peut jouer en paix. Seule, ce n'est pas tellement gai. Le ballon glisse en revenant vers elle, ce n'est pas comme si quelqu'un le relançait. Mais voici qu'elle le reçoit presque dans la figure!

– Oh! pardon, dit une voix, je voulais seulement te le rendre.

Un garçon est devant elle, il n'a pas l'air brusque, peut-être qu'il s'ennuie...

– Tu veux qu'on joue ensemble? propose-t-elle. Tu es seul?

– Oui et toi?

– Moi, j'ai ma grand-mère.

– Moi, j'habite ici.

– Tu veux dire que tu es en vacances ou bien tu habites toujours à la mer?

– Toute l'année. Lundi, c'est la rentrée des classes. Je suis toujours ici.

Annie n'a jamais pensé qu'il y avait des écoles au bord de la mer et des enfants qui y étudiaient, comme en ville. Elle présente le garçon à grand-mère, qui aussitôt lui demande son nom, son âge, ce que font ses parents... C'est terrible ce que les adultes peuvent être curieux. Impolis même. Heureusement, lui n'a pas l'air ennuyé, il dit qu'il s'appelle Ugo, il a dix ans, ses parents tiennent l'hôtel du Littoral et lui est déjà en cinquième année. Le dimanche, il aide ses parents, c'est lui qui prend les boules de crème glacée dans les grandes cuves rose framboise ou vert pistache et les place sur les cornets.

Ugo parle de cornets glacés...
Au même moment, la trompette
du marchand ambulant résonne
tout près d'eux. Grand-mère a
déjà pris son porte-monnaie,
elle veut une galette avec deux
boules de vanille, dit-elle et:

– Choisissez ce que vous
aimez.

– On peut aller les manger
sur le brise-lames, grand-mère?

Grand-mère jette un coup
d'œil au loin; la mer est repartie
dans l'autre sens, et le brise-
lames est de nouveau visible,
long et noir.

– N'allez pas jusqu'aux ro-
chers!

– On sera prudents, ne t'inquiète pas.

Grand-mère les regarde partir. Quelle chance elle a de passer ainsi une journée devant la mer! Quand elle était petite, elle venait sur cette même plage, sa grand-mère à elle avait une longue jupe noire et des bottines qui glissaient sur les algues du brise-lames. Elles arrachaient des moules collées aux poteaux de bois et les ramenaient pour souper.

Tout en rêvant, grand-mère a mis sa crème dans son assiette pour la réchauffer un peu. La mer existe depuis combien de temps? se demande-t-elle. La crème fond et grand-mère la mange à la petite cuiller. Les enfants sont partis sur la gauche, c'est par là que plus tard le soleil viendra rosir l'eau et le sable. À propos, quelle heure est-il? Quatre heures déjà! Grand-mère range un peu la cabine, met la clé dans sa poche et s'en va le long de la ligne noire que la mer a dessinée en se retirant tout à l'heure. Il était un peu plus de midi, elle est montée à quelques mètres de la cabine et repartie sans rien dire pendant qu'on mangeait. La

mer apporte toujours quelque chose. Entre les algues et les déchets en plastique que les gens laissent après eux, on trouve toutes sortes de coquillages, des seiches, des oursins, des couteaux (souvent cassés, mais parfois la bête est encore dedans, avec sa salive elle tient sa maison fermée). Grand-mère ramasse un peu de tout pour les petits-enfants qui sont restés en ville.

Elle lève les yeux et se rend compte que la lumière a changé, le soleil n'est plus du tout au sud, il rappelle que la terre tourne et ça veut dire: il est temps de rentrer! Annie et Ugo ont pensé la même chose, car les voici qui reviennent en courant. Ils ont trouvé une étoile de mer, Annie voudrait la ramener à la maison.

– Elle va mourir, dit grand-mère.

– Elle est déjà morte, je crois, dit Annie.

Ugo les aide à ramasser leurs affaires, il les accompagne jusqu'à la voiture. Elles achètent encore des crevettes pour bon-papa, un beau poisson pour la famille d'Annie et puis en route! Ugo leur fait « au revoir » de la main, Annie lui a donné son adresse et il enverra une carte d'Ostende ; elle lui répondra.

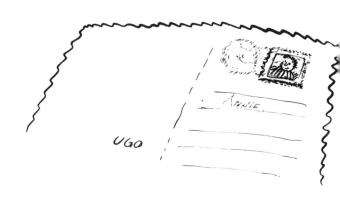

Pendant le voyage, Annie s'endort à moitié, sa Zizou dans les bras. Elle rêve que ses parents demandent leur mutation: au lieu d'enseigner la musique et la gymnastique à Bruxelles, ils font ça au bord de la mer. C'est bon pour la santé de maman. Et puis on se baignera, on regardera les bateaux, on rencontrera Ugo très souvent. On ira peut-être à la même école.

Elle rêve de passer d'autres belles journées comme celle-ci. Des journées avec sa grand-mère ou ses parents ou ses amis. Pourquoi pas avec tous?

Bon-papa est bien content de les voir arriver. Il a acheté une tarte aux pommes et cuit des pommes de terre. On lui offre ses crevettes, on soupe en lui racontant tout ce qu'on a fait. Bon-papa raconte que lorsqu'il était enfant, il a vécu tout un an à la mer. Il habitait une maison au bord de la plage. Il allait à l'école à Ostende.

Le plus de Plus

Réalisation : Françoise Ligier
Joanna Verthuy

Une idée de Jean-Bernard Jobin
et Alfred Ouellet

Pour faciliter la lisibilité du texte, le masculin a été employé pour désigner les personnes. Les lectrices et les lecteurs sont invités à en tenir compte au cours de la lecture.

AVANT DE COMMENCER

Test : Coquillage, coquillage, dis-moi qui je suis...

1. La mer pour toi c'est :
   a) l'océan Atlantique, l'océan Pacifique ou la mer Méditerranée
   b) de l'eau salée avec des poissons
   c) des couleurs verte ou bleue, des odeurs de sel et d'iode, de la musique naturelle.

2. Quand tu trouves un coquillage
   a) tu le prends pour l'étudier
   b) tu le laisses sur la plage
   c) tu le portes à ton oreille pour écouter le bruit de la mer ou tu le prends parce qu'il est beau.

3. Quand tu te baignes dans les vagues
   a) tu sais si c'est la marée montante ou la marée descendante
   b) tu veux aller le plus loin possible
   c) tu aimes flotter dans l'eau en regardant le ciel.

4. Quand tu sors de l'eau
   a) tu compares la température à celle d'hier
   b) tu vas jouer
   c) tu t'étends sur le sable pour un bain de soleil.

5. Pour faire une promenade en mer, tu préfères :
   a) une barque de pêcheurs
   b) un bateau à moteur
   c) un bateau à voile.

Pour savoir qui tu es, regarde à SOLUTIONS.

À la pêche en mer

Attrape le sens du mot en suivant le fil :

une crevette
une langoustine
un crabe
une caricole[1]
(ou un bigorneau)
une moule
une algue
une seiche
un couteau
une étoile de mer
un filet

---

1. En Belgique les bigorneaux s'appellent des « caricoles ».

Tout ce qu'il faut pour la plage

Tu vas à la plage ; mets une croix à gauche de chaque case quand tu emportes l'objet dessiné.

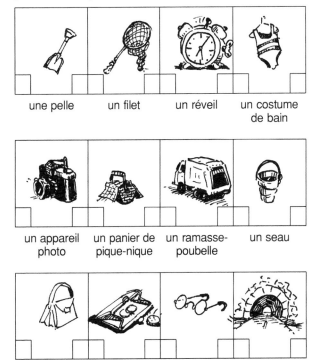

| une pelle | un filet | un réveil | un costume de bain |

| un appareil photo | un panier de pique-nique | un ramasse-poubelle | un seau |

| un fourre-tout | un porte-monnaie | des lunettes | un tunnel |

AS-TU BIEN LU ?

Tout ce qu'Annie et sa grand-mère emportent à la plage

Coche à droite quand Annie et sa grand-mère ont emporté l'objet.

Annie et sa grand-mère ont-elles emporté les mêmes objets que toi ?

De l'ordre pour refaire l'histoire

a   b   c

d   e

Place ces dessins par ordre chronologique :

___   ___   ___   ___   ___
1   2   3   4   5

La grand-mère d'Annie

Dis si c'est vrai ou faux.

1. Elle aime le café.

2. Elle a un costume de bain noir.

3. Elle conduit très lentement.

4. Elle aime jouer aux cartes.

5. Elle n'a jamais de projets.

6. Elle a un appareil photo.

7. Elle aime nager où elle n'a pas pied.

8. Après le pique-nique sur la plage elle lit le journal sans lunettes.

9. Elle reçoit le ballon en pleine figure.

10. Elle ramasse des coquillages sur la plage pour ses petits-enfants.

Des intrus

Trouve les deux intrus qui sont dans le panier à pique-nique d'Annie et de sa grand-mère.

Une petite nappe – des assiettes de plastique rouge – des couverts d'avion – du pain français – des olives – des tomates – un pot de mayonnaise – du fromage – des mousses au chocolat.

As-tu une mémoire d'éléphant ?
(c'est-à-dire une bonne mémoire)

Trouve les mots qui ne sont pas dans le texte.

train – camion – temps variable – prés à vaches – électricité – vacances – Angleterre – champs de blé – Ostende – requin – Bruxelles – cornet de crème glacée.

JEUX

Trouve les capitales de ces pays où on parle français.

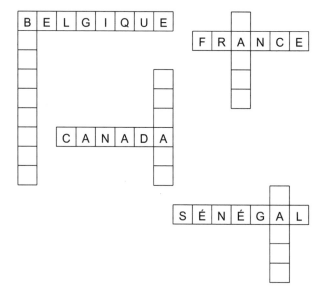

Des cartes postales

Annie écrit à Ugo et Ugo écrit à Annie.

Trouve les trois erreurs qui sont sur les cartes postales.

1

Chère Annie,

J'espère que tu viendras bientôt à Ostende; nous nagerons encore dans les hautes vagues avec ta grand-mère.

Ugo

Annie Denis

57, avenue de la Reine

Bruxelles

Cher Ugo,

Merci pour ta carte. Ma grand-mère va bien et m'a promis un pique-nique à Ostende pour mon anniversaire.

Bises.

Annie

Ugo Vandendorp

Hôtel du Rivage

Ostende

Chère Annie,

Omer nettoie les cabines sur la plage parce que c'est bientôt l'été. Je suis content de te revoir bientôt.

Bises.

Ugo

Annie Denis

57, avenue de la Reine

Bruxelles

Jeu de langue

Lis de plus en plus vite :

Les crevettes cuites sont rouges.

Les crevettes vivantes sont grises.

Les Solutions

Test : Coquillage, coquillage, dis-moi qui je suis...

Si tu as beaucoup de **a** tu es un intellectuel ; tu aimes les livres et les sciences

Si tu as beaucoup de **b** tu as les pieds sur terre ; tu es réaliste et tu aimes l'action.

Si tu as beaucoup de **c** tu as une âme de poète ; tu es un rêveur et un artiste.

Tout ce qu'Annie et sa grand-mère emportent à la plage

une pelle ; un costume de bain ; un appareil photo ; un panier de pique-nique ; un fourre-tout ; un porte-monnaie ; des lunettes.

De l'ordre

1 = b ; 2 = d ; 3 = a ; 4 = c ; 5 = e

La grand-mère d'Annie

1. Vrai
2. Vrai
3. Faux – « elle ne conduit pas trop lentement »
4. Vrai
5. Faux – « elle aime réaliser des projets »
6. Vrai
7. Faux – « ce que grand-mère n'aime pas, c'est nager où on n'a pas pied »
8. Faux – « ... elle commence à lire le journal. » « Grand-mère a déjà mis ses lunettes. »
9. Faux – Annie reçoit le ballon en pleine figure
10. Vrai

Des intrus

Un pot de mayonnaise – du fromage.

As-tu une mémoire d'éléphant ?

train – camion – temps variable – prés à vaches – vacances – Angleterre – **champs de blé** – Ostende – **requin** – Bruxelles – cornet de crème glacée.

Trouve les capitales de ces pays où on parle français

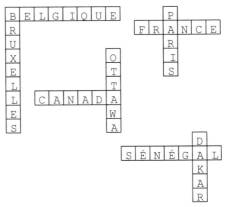

Des cartes postales

Carte n° 1 :

erreur n° 1 : « nous nagerons encore dans les hautes vagues avec ta grand-mère » ; c'est faux.

Carte n° 2 :

erreur n° 2 : la carte a un cachet de départ d'Ostende ; c'est impossible, Annie habite Bruxelles.

Carte n° 3 :

erreur n° 3 : la carte a une fausse date de départ ; le 30 février ça n'existe pas

Dans la même collection

• niveau facile
■ niveau intermédiaire

Ville de Montréal **J-HQ** **Feuillet**
de circulation

À rendre le		

06.03.375-8 (05-93)